AF336399

DISCOURS

EN VERS

SUR LA PERFECTIBILITÉ DE L'HOMME,

RÉCITÉ A LA SÉANCE PUBLIQUE DE L'ACADÉMIE FRANÇAISE,

TENUE POUR LA RÉCEPTION

DE MM. DROZ ET CASIMIR DELAVIGNE,

Le 7 juillet 1825.

PAR F. G. J. S. ANDRIEUX.

A PARIS,

DE L'IMPRIMERIE DE FIRMIN DIDOT,

IMPRIMEUR DU ROI ET DE L'INSTITUT, RUE JACOB, Nº 24.

MDCCCXXV.

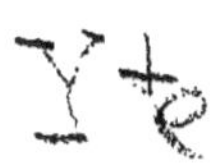

DISCOURS

SUR

LA PERFECTIBILITÉ DE L'HOMME.

De nos graves penseurs la promesse douteuse
N'est-elle qu'un beau rêve, et qu'une erreur flatteuse ?
Ou croirai-je en effet que les faibles humains
Marchent vers le bonheur par de plus sûrs chemins ?
Que la justice un jour règnera sur la terre ?
Que les princes entre eux ne feront plus la guerre ?
Qu'après des jours d'airain, de fer, et pis encor,
Renaîtront les douceurs d'un nouvel âge d'or,
Où l'on ne connaîtra flatteurs, ingrats, ni traîtres ?
Nos neveux sauront-ils, moins fous que leurs ancêtres,
De la fièvre civile éviter les accès,
Soumis sans servitude, et libres sans excès ?
Tous ces noms odieux, répétés d'âge en âge,
D'oppresseurs, d'opprimés, de tyrans, d'esclavage,
Trop long-temps dans le monde et trop bien entendus,
Seront-ils de vieux mots, heureusement perdus ?
Dieu ! nous donnerez-vous, en des jours moins funestes,
Des orateurs concis, des poètes modestes ?
Verra-t-on les époux se plaire et se chérir ?
Les débiteurs payer ? les médecins guérir ?

1

L'étonnant galvanisme, aidé de la chimie,
Doit-il nous révéler les sources de la vie,
Et, pour comble de biens, trouver le beau secret
D'éviter du trépas l'inévitable arrêt (1) ?
Nous serons morts alors : ce sera bien dommage.
— Cessez, me dira-t-on, un si froid badinage.
Apprenti philosophe, et penseur tout nouveau,
Avez-vous résolu, dans votre étroit cerveau,
De notre entendement les problèmes sublimes ?
La science de l'homme a de profonds abîmes ;
Quand on ose y plonger un regard curieux,
Un vertige confus nous éblouit les yeux.
Quel contraste inouï de grandeur, de faiblesse !
Le néant, l'infini, voilà l'humaine espèce.

Ce fragile roseau qui plie à tous les vents,
Cet atome perdu dans l'espace et le temps,
Il pense, il lève au ciel une vue assurée ;
Du temps même la course est par lui mesurée ;
Il a le sentiment et du juste et du beau,
L'espoir de se survivre au-delà du tombeau ;
Il trace en des calculs, fruits d'études profondes,
La marche des soleils, des innombrables mondes :
Son esprit, des trésors qu'il vient à découvrir,
S'enrichit chaque jour, sans jamais s'appauvrir.
Qui bornera son vol ? qui dira les limites
Qu'à ses hardis travaux la nature a prescrites ?
— Moi, répond un docteur, dont le savoir hautain
Lance ses arguments avec un fier dédain ;

Vous faites sonner haut de minces découvertes,
Par la main du hasard le plus souvent offertes !
C'est depuis peu de temps que votre vanité
Forgea ce mot si long : *perfectibilité* (2).
Pour l'allonger encor, par un trait de génie,
Vous n'avez pas manqué d'y joindre : *indéfinie*.
Ces grands mots, par malheur, sont bien vides de sens :
L'homme est ce qu'il sera, ce qu'il fut de tout temps,
Ignorant, fou, pervers, cruel à son semblable,
Et de ses passions le jouet misérable !
Il ne fait que tourner dans un cercle éternel ;
Je le vois tantôt faible, et tantôt criminel ;
Il se dit raisonnable, et toujours déraisonne ;
Eh ! comment voulez-vous qu'il se perfectionne ?
D'organes et de sens le ferez-vous changer ?
La trame de ses jours se peut-elle allonger ?
Quel que soit le pouvoir d'une habile culture,
Réforme-t-on l'instinct ? force-t-on la nature ?
Vous êtes plus savants qu'on ne l'était jadis ;
Vous le croyez du moins, et je n'y contredis :
Cependant nos docteurs aiment à reconnaître
Dans le vieil Hippocrate et leur père et leur maître (3) ;
Doutez-vous que César, au métier des héros,
N'instruisît bien souvent nos meilleurs généraux (4)?
Pour vos arts, que sont-ils près de ceux de la Grèce?
Avez-vous son beau ciel, sa langue enchanteresse ?
Des poètes toujours Homère est le premier ;
Quel laurier ne pâlit auprès de son laurier ?

I.

Tracés par le génie, aux lois du goût fidèles,
Leurs monuments détruits nous servent de modèles :
Ce parfait Apollon, qui, plein de majesté,
Épuise sur un camp son carquois irrité (5) ;
Et la vierge Diane, accourant à la chasse,
Mélange ravissant de pudeur et d'audace (6) ;
Et ce Laocoon, dont les vives douleurs
Pour un marbre mourant nous arrachent des pleurs (7) !
Ces images du beau que la Grèce a laissées,
Les modernes ciseaux les ont-ils surpassées ?
Je ne vous parle point du naturel exquis,
De la haute raison dont brillent leurs écrits ;
Voyez à chaque page, empreints dans leur histoire,
L'amour de la patrie et l'amour de la gloire,
Des plus nobles vertus mille traits merveilleux,
Que notre lâcheté traite de fabuleux !
Si vous pouvez encor montrer quelques Euclides,
Où sont vos Phocions ? où sont vos Aristides ?
On bavarde, on écrit ; mais se corrige-t-on ?
Le villageois s'enivre au sortir du sermon ;
Le jeu, l'amour, l'orgueil, l'intérêt et l'envie
Des bourgeois et des grands vont tourmentant la vie ;
On argumente, on crie, on n'est d'accord de rien ;
Mais en cherchant le mieux, souvent on perd le bien :
Quittez le vain espoir de réformer les hommes ;
Et, de peur d'être pis, restons comme nous sommes.

    Ainsi, de part et d'autre, on s'escrime avec feu ;
Entre les deux excès n'est-il pas de milieu ?

Tâchons sur le vrai point d'arrêter notre vue :
Question bien posée est presque résolue.

L'homme de mille dons en naissant fut orné ;
C'est un être étonnant : mais cet être est borné ;
Dans sa condition forcé de se restreindre ,
Il conçoit l'infini ; mais il ne peut l'atteindre.

Cesse donc d'embrasser , comme un autre Ixion ,
Le fantôme brillant de la perfection ;
Mais dans le bon chemin, mortel, ose te mettre.
Va jusqu'où tu le peux (8). Apprends du géomètre
Que deux lignes pourraient , sans jamais se toucher,
Dans leur cours éternel tendre à se rapprocher (9).

Ainsi, de jour en jour, si tu sais sans relâche
T'imposer et poursuivre une honorable tâche,
Tu te rapprocheras de ce but qui te fuit,
Et ton cœur te dira quel chemin y conduit.

Oui, tout homme ici bas, en s'armant de courage ,
Peut s'améliorer, devenir son ouvrage.
Il le peut ; il le doit. Quoi donc ! les animaux
Apprennent d'autres mœurs et des penchants nouveaux,
De leurs instincts natifs domptent la violence !

Ce cerf qui, des forêts parcourant le silence,
Timide, au moindre bruit, au souffle d'un zéphyr,
Au frisson d'une feuille, était prompt à s'enfuir,
Voyez-le dans un cirque, à la voix qui le guide,
A travers mille feux se jeter intrépide !

Et l'homme, sur son être incapable d'agir,
Esclave, à ses penchants ne ferait qu'obéir !

Enchaînez-les ; sinon vous porterez leur chaîne (10).
Qui travaille sur soi ne perd jamais sa peine.
Comme on peut s'abrutir, on se peut éclairer.

Qu'un jeune homme, au plaisir ardent à se livrer,
Par un billet surpris à sa fausse maîtresse
Averti des affronts qu'a soufferts sa tendresse,
D'un tyrannique amour abjure le pouvoir,
Et, plus sage, s'enflamme aux attraits du savoir ;
Si de l'étude alors le charme salutaire
L'enchaîne en son logis, pensif et solitaire,
Qu'un livre qui l'instruit ne quitte point sa main,
Et qu'il aille écouter Thénard ou Villemain :
Cet aimable ignorant, prenant un nouvel être,
Bientôt, par ses progrès, étonnera son maître.

Quiconque sait vouloir peut beaucoup accomplir.
Le seul nom de la mort va nous faire pâlir ;
Eh bien ! pour un ruban, pour une ombre de gloire,
Pour une opinion, pour croire ou ne pas croire,
Que dis-je ? hélas ! souvent pour un faux point d'honneur,
Au devant du trépas nous courons sans terreur.

Régulus à Carthage obtient qu'on le renvoie,
Et dans d'affreux tourments va périr avec joie.

Il n'est donc point d'instinct si fort et si puissant,
Qu'on ne puisse soumettre et rendre obéissant.

L'homme est donc perfectible, et, sans faire un système,
Pour nous étudier, descendons en nous-même.

Nous y trouvons d'abord un sentiment inné,
Qui nous est propre à tous, que Dieu nous a donné ;

Comme il voulut en nous protéger son ouvrage,
Il nous fit cet instinct, dont la fin et l'usage
Sont de nous conserver et de nous rendre heureux.
Modérons ce penchant ; l'excès en est affreux :
Du trop d'amour de soi découlent tous les vices,
Les crimes, les fureurs, les froides injustices ;
Oui, dans le cœur humain, s'il n'est pas combattu,
Le féroce égoïsme éteint toute vertu.

Mais pour servir de frein à ce penchant funeste,
Dieu daigna nous doter d'un sentiment céleste ;
C'est la compassion, c'est la tendre pitié,
Qui dans ses mouvements ressemble à l'amitié :
Sans ce doux sentiment qui le rend sociable,
L'homme n'aurait été qu'une brute effroyable ;
Mais il reçut un cœur formé pour s'attendrir,
Aux accents du malheur un cœur prompt à s'ouvrir :
Achille sur Priam verse de nobles larmes.
D'un sympathique nœud qui n'a senti les charmes ?
Vivre en soi ce n'est rien ; il faut vivre en autrui.
A qui puis-je être utile, agréable, aujourd'hui ?
Voilà chaque matin ce qu'il faudrait se dire ;
Et le soir, quand des cieux la clarté se retire,
Heureux à qui son cœur tout bas a répondu !
Ce jour qui va finir, je ne l'ai pas perdu ;
Grace à mes soins, j'ai vu, sur une face humaine,
La trace d'un plaisir ou l'oubli d'une peine !

Que la société porterait de doux fruits,
Si par de tels pensers nous étions tous conduits !

Demandons à ce Dieu, qui veut que l'on pardonne,
D'aimer et d'être aimés, de ne haïr personne,
De réprimer en nous un instinct sec et dur,
Et d'y développer ce penchant doux et pur,
Cet amour du prochain que sa loi nous commande :
C'est la perfection où je veux qu'on prétende.

Je l'ai prêché cent fois ; je le répète encor.
D'un seul bon sentiment si j'ai hâté l'essor,
Ou si d'une vertu j'ai jeté la semence,
Ces vers, ces faibles vers ont eu leur récompense.

Toi de qui je voudrais emprunter l'art heureux
D'exprimer, d'inspirer des pensers généreux,
Cher Droz, des bonnes mœurs vrai modèle et vrai maître,
Que trente ans d'amitié m'ont fait si bien connaître ;
Toi que n'abusent point ces prétendus docteurs
Qui, de toute lumière obstinés détracteurs,
Au char de la raison s'attelant par derrière,
Veulent à reculons l'enfoncer dans l'ornière ;
Toi qui, nous présageant un meilleur avenir,
Aimes de cet espoir à nous entretenir,
Et qui, pour animer, pour élever ton style,
Contemples le moral et recherches l'utile,
Par d'éloquents écrits verse en nos cœurs émus
Les nobles sentiments et les douces vertus ;
Détrompe nous surtout de l'erreur trop commune
Qui nous fait à genoux adorer la fortune ;
Par ton exemple encore instruis-nous chaque jour :
Satisfait de ton sort, sans orgueil, sans détour,

Ta vie entière enseigne, ainsi que ton ouvrage,
Que tout l'*art d'être heureux*, c'est d'être bon et sage.

Et toi, jeune ornement du Parnasse français,
Où ton rang est marqué par d'éclatants succès,
Possesseur fortuné d'une lyre divine,
Ramène l'art des vers à leur sainte origine ;
On nous dit qu'autrefois les poètes sacrés (11),
Interprètes des dieux, par le ciel inspirés,
Donnèrent aux humains des préceptes à suivre,
Sous de communes lois leur apprirent à vivre,
Firent de leur doctrine un noble amusement :
Des lois que l'on chantait s'apprenaient aisément.

Melpomène et Thalie ont couronné tes veilles :
D'Orphée et de Linus rajeunis les merveilles ;
Ou mêle à tes accords, sans remonter si loin,
Les nombreuses leçons dont notre âge a besoin ;
Guéris des préjugés la lèpre héréditaire ;
Rends la sagesse aimable, et la raison vulgaire ;
Et fidèle au bon goût comme à la vérité,
Charme, éclaire ton siècle et la postérité.

NOTES.

Note 1, page 2.

Trouver le beau secret
D'éviter du trépas l'inévitable arrêt.

On a prétendu que Condorcet avait porté ses espérances de perfection, dans l'espèce humaine, *jusqu'à la possibilité de ne point mourir.* Il n'a point dit cela, et il a dit positivement tout le contraire : *Sans doute, l'homme ne deviendra pas immortel.* Mais il est vrai qu'il s'est embarrassé dans un raisonnement assez obscur, qui tend à prouver que la *durée moyenne* de la vie humaine est susceptible d'une progression croissante, non pas *infinie*, mais *indéfinie*, et dont on ne peut pas fixer le terme d'une manière absolue. Voyez son *Esquisse d'un Tableau historique des progrès de l'esprit humain.*

Note 2, page 3.

C'est depuis peu de temps que votre vanité
Forgea ce mot si long : *perfectibilité.*

On ne trouve point les mots *perfectibilité* et *perfectible* dans l'édition de 1762 du Dictionnaire de l'Académie française, ni à plus forte raison dans les éditions antérieures ; mais on les trouve dans celle de 1798.

Note 3, page 3.

Cependant nos docteurs aiment à reconnaître
Dans le vieil Hippocrate et leur père et leur maître.

Hippocrate, de Cos, a laissé une des plus belles réputations de l'antiquité ; on ne peut souhaiter une gloire plus complète, plus pure et plus durable. Ses ouvrages et le témoignage de l'histoire nous apprennent qu'il eut le génie de la médecine et l'amour de la vertu; on étudie encore ses livres, et l'on admire la sagacité de son esprit, la justesse de ses observations, l'excellence de ses préceptes. On reconnaît en lui un philosophe profond, un homme dont la vie entière et toutes les pensées ont été consacrées au soulagement ou à l'amélioration de ses semblables.

Il faisait prêter à ses disciples un serment qui nous a été conservé; c'est un monument curieux et admirable : ce grand homme faisait jurer aux jeunes adeptes dans son art la reconnaissance, le désintéressement, l'horreur des mauvaises actions, la pureté et la sainteté des mœurs, la prudence, la discrétion, en un mot l'observation de toutes les vertus qui, jointes à de vastes connaissances, font d'un médecin un homme qui *en vaut à lui seul beaucoup d'autres*, comme le dit naïvement Homère :

Ἰητρὸς γὰρ ἀνὴρ πολλῶν ἀντάξιος ἄλλων.

Ἰλιάδ. Λ, 514.

Je voudrais, je l'avoue, que ce serment d'Hippocrate, modifié convenablement, d'après la différence des temps et des mœurs, fût affiché dans toutes les écoles de médecine, dans tous les hôpitaux, et qu'on le fît apprendre par cœur à tous les élèves.

Je vais plus loin : on me prendra peut-être pour un rêveur; mais je voudrais qu'en entrant dans chacune des professions dont l'exercice peut avoir une certaine influence sur les mœurs et le bonheur de la société, on prêtât publiquement un serment arrêté et consacré par un réglement; je voudrais que l'on jurât, chacun selon le genre de travaux auxquels il se destinerait, d'avoir toujours en vue le bien de ses semblables, de ne jamais faire un mauvais usage de ses talents, de ses facultés, etc..; je voudrais que celui qui aurait manqué à ce saint engagement fût déshonoré dans l'opinion publique, et obligé de s'exclure de la profession qu'il aurait embrassée : si, par exemple, tout militaire jurait de ne jamais tirer l'épée dans une querelle particulière, et que l'infamie fût attachée au parjure, qui doute que l'absurde et abominable coutume des duels ne vînt à s'éteindre? Ce serait là un des moyens qui pourraient contribuer à *perfectionner* l'espèce humaine. Je doute qu'on l'adopte de sitôt; mais qui sait si l'on n'y viendra pas? qui sait si quelque jour on n'enseignera pas, chez nous, aux enfants la justice et la morale par principes et par pratique, comme le faisaient autrefois les Perses, selon ce que rapporte Xénophon, en *la Cyropédie*, liv. 1er ?

Note 4, page 3.

Doutez-vous que César, au métier des héros,
N'instruisît bien souvent nos meilleurs généraux?

J'ai lu quelque part (*a*) une anecdote dont le souvenir peut m'avoir suggéré ces deux vers.

Un jeune officier du génie disait un jour au fameux maréchal de Vauban : « Monsieur le maréchal, César ne serait « qu'un écolier s'il se trouvait devant les villes que vous avez « fortifiées. » « Taisez-vous, jeune homme, répondit Vauban; « César, dans quinze jours, en saurait plus que nous, dès qu'il « aurait connu nos armes. Nos mains sont un peu plus « adroites que les siennes, grace à des circonstances particu- « lières; mais son intelligence était fort supérieure à la nô- « tre. »

Mais l'écrivain, homme de beaucoup d'esprit, qui citait cette réponse, croyait y voir un argument contre *la perfecti- bilité progressive* de l'esprit humain, et il me semble qu'en cela il se trompait. Que le maréchal de Vauban, par une modestie de bon goût, ait placé sa propre intelligence fort au-

---

(*a*) Mercure de France, n° 1, messidor an VII, répondant à juin 1800. Article sur un ouvrage de madame de Staël intitulé : *De la Littérature considérée dans ses rapports avec les Institutions sociales.*

dessous de celle de César, ou qu'il ait voulu dire que César, possédant le génie de la guerre dans un degré supérieur, eût été de nos jours un très-grand capitaine, qu'est-ce que cela prouve contre *la perfectibilité ?* rien du tout. En effet, pour prouver que l'homme est *perfectible* et qu'il se perfectionne, il n'est pas nécessaire d'établir que les hommes de notre temps aient, en naissant, plus de génie que César et qu'Homère : la question est de savoir si les hommes d'aujourd'hui n'ont pas plus de lumières, plus de connaissances positives en tout genre, que les hommes des siècles anciens; et la réponse même du maréchal ne laisse à cet égard aucun doute. Car lorsqu'on lui fait dire que *nos mains sont un peu plus adroites que celles de César, grace à des circonstances particulières,* que signifient ces expressions un peu vagues? que nous avons la poudre à canon, l'art des fortifications, différents moyens d'attaque et de défense que César ne pouvait connaître; que nos généraux sont obligés d'apprendre et de savoir beaucoup de choses que ce grand capitaine ignorait nécessairement; que par conséquent l'art de la guerre s'est agrandi, *s'est perfectionné.* Ainsi cette anecdote pourrait bien servir à prouver tout le contraire de ce que l'écrivain voulait établir.

Point du tout, répondrait-il ; j'accorde volontiers qu'on a fait des progrès dans les mathématiques et dans les sciences en général; mais ces progrès ne servent à rien pour le perfectionnement moral : toutes ces sciences n'apprennent point la vertu, ne conduisent point au bonheur. Il ne faut pas confondre les progrès dans les sciences naturelles avec les progrès dans l'art de la morale et dans l'art de gouverner. De ce que les sciences se sont élevées chez les modernes à un degré qu'elles ne pouvaient atteindre autrefois, en faut-il conclure que, *dans tout le reste,* nous raisonnions avec plus de justesse que les anciens, parce que nous sommes meilleurs géomètres et meilleurs physiciens qu'ils ne l'étaient ?

Je ne sais si c'est moi qui me trompe ; mais il me semble qu'il y a encore là une erreur. Sans doute les sciences mathématiques et physiques n'enseignent pas directement la politique et la morale; elles ont moins d'influence, je le crois, sur le perfectionnement moral de l'homme, que la littérature, les arts et la philosophie : mais peut-on aller jusqu'à dire qu'elles n'aient, à cet égard, aucune influence ? La connaissance des choses naturelles et de l'ordre physique de l'univers élève notre ame ; l'étude de l'astronomie conduit les esprits bien faits aux idées religieuses. Un célèbre professeur d'anatomie disait, en commençant une leçon, qu'il allait chanter un hymne à Dieu. Il n'est guère possible d'étudier l'homme physique, sans s'occuper de l'homme moral, de sa destination, de ses devoirs; de plus, les sciences exactes et naturelles exercent, fortifient, agrandissent l'intelligence : on s'accoutume à bien observer, à bien enchaîner les observations, à en déduire de justes conséquences ; on apprend à ne pas se payer de mots, à démêler les erreurs, les sophismes, à s'attacher aux vérités positives. Chaque science est une méthode de raisonnement ; toutes ces méthodes se tiennent et se ramènent à une logique commune et générale : l'esprit s'habitue à la rectitude, à la justesse ; et l'on porte ensuite cette justesse et cette rectitude dans toutes les recherches, dans toutes les études, dans toutes les choses de la vie ; et voilà comme, dans une école de médecine, dans un muséum d'histoire naturelle, on apprend à raisonner sur la morale et sur la politique. Enfin, si les connaissances scientifiques n'agissent qu'indirectement sur la volonté, elles ont une influence très-directe et très-efficace sur l'entendement; elles contribuent ainsi à notre perfectionnement moral.

Note 5, page 4.

Ce parfait Apollon, qui, plein de majesté
Épuise sur un camp son carquois irrité.

Je sais que je m'écarte ici de l'opinion commune, qui s'est formée sur celle de Winkelmann. On croit généralement, d'après cet illustre antiquaire, que la statue de l'Apollon du Belvédère représente ce dieu au moment où il vient de percer de ses flèches le serpent Python. J'ose être d'un autre avis et former aussi ma conjecture.

Comme Phidias avait pris, dit-on, l'idée de sa statue de Jupiter dans Homère, qui nous montre le père des Dieux ébranlant le grand Olympe d'un signe de ses noirs sourcils, je crois que le statuaire qui a fait l'Apollon a trouvé aussi son modèle dans le poète.

Au premier chant de l'Iliade, Apollon accourt des sommets de l'Olympe pour venger son prêtre Chrysès des superbes refus et des insultes d'Agamemnon. Homère met dans la bouche du prêtre des plaintes et une prière touchante qu'il adresse à son dieu ; le poète continue :

Ὣς ἔφατ' εὐχόμενος. Τοῦ δ' ἔκλυε Φοῖϐος Ἀπόλλων·
Βῆ δὲ κατ' Οὐλύμποιο καρήνων, χωόμενος κῆρ,
Τόξ' ὤμοισιν ἔχων ἀμφηρεφέα τε φαρέτρην·
Ἔκλαγξαν δ' ἄρ' ὀϊστοὶ ἐπ' ὤμων χωομένοιο,
Αὐτοῦ κινηθέντος.   Ἰλιάδ. Α, 42.

J'avoue qu'il m'est impossible de ne pas voir, dans cette belle description, la statue de l'Apollon, marchant irrité, et faisant retentir à chaque pas, dans sa marche, son carquois et ses flèches, sur ses épaules divines ; il s'arrête, et lance sur le camp des Grecs ses traits qui répandent la contagion et la mort.

Du malheureux Chrysès telle était la prière.
Apollon l'entendit. Le Dieu de la lumière
Des sommets de l'Olympe accourut irrité :
Sur l'épaule du Dieu le carquois agité
Rend un bruit effrayant, dans sa marche rapide ;
Des flèches en fureur l'appareil homicide
Frémit dans sa prison......

(16)

Note 6, page 4.

> Et la vierge Diane, accourant à la chasse,
> Mélange ravissant de pudeur et d'audace,

Puisque je suis en train de conjecturer, je dirai aussi que Virgile me paraît avoir composé sa description de Vénus, déguisée en jeune chasseresse (Enéid., liv. 1, v. 323) d'après la statue antique de Diane, que sans doute il avait vue. Lisez, et regardez le marbre :

> *Namque humeris, de more, habilem suspenderat arcum.*
> *Venatrix, dederatque comam diffundere ventis;*
> *Nuda genu, nodoque sinus collecta fluentes.*

Et plus loin :

> *Virginibus Tyriis mos est gestare pharetram,*
> *Purpureoque altè suras vincire cothurno.*

Excepté les cheveux, que Virgile fait flotter au gré des vents, et qui dans la statue sont relevés et attachés, en attendant qu'ils se dénouent, tout le reste de l'habillement et de la parure est exactement le même.

Note 7, page 4.

> Et ce Laocoon, dont les vives douleurs
> Pour un marbre mourant nous arrachent des pleurs.

Il faut que je restitue cette expression hardie de *marbre mourant* à qui elle appartient. Je l'ai traduite du latin de Jacques Sadolet, évêque de Carpentras, et elle se trouve dans une pièce de cinquante à soixante vers, qu'il composa lorsque, de son temps, la statue de Laocoon fut retrouvée et tirée de la terre, en faisant des fouilles dans les bains de Titus.

> *Quid primum summumve loquar? miserumne parentem*
> *Et prolem geminam? an sinuatos flexibus angues*

Terribili aspectu, caudasque irasque draconum,
Vulneraque, et veros, saxo moriente, dolores ?

Sadolet ne fut pas seulement un des littérateurs les plus distingués du commencement du seizième siècle ; il fut aussi un modèle de toutes les vertus épiscopales, particulièrement de désintéressement et de charité chétienne. V. *la Vie de François Ier, par Gaillard,* tom. 8.

Note 8, page 5.

Va jusqu'où tu le peux.

Est quòdam prodire tenùs, si non datur ultrà.

HORAT. Epist. 1 , lib. 1, v. 32.

Note 9, page 5.

Apprends du géomètre
Que deux lignes pourraient, sans jamais se toucher,
Dans leur cours éternel tendre à se rapprocher.

De ces deux lignes l'une est une courbe ou une portion de courbe, et l'autre une ligne droite. Cette dernière s'appelle *asymptote*, et on la définit exactement en disant que l'*asymptote* est une ligne droite qui, étant indéfiniment prolongée, s'approche continuellement d'une courbe ou d'une portion de courbe, aussi prolongée indéfiniment, de manière que sa distance à cette courbe ou portion de courbe ne devient jamais zéro absolu, mais peut toujours être trouvée moindre qu'aucune grandeur donnée.

Note 10, page 6.

Enchaînez-les ; sinon vous porterez leur chaîne.

Animum rege, qui, nisi paret,
Imperat; hunc vinclis, hunc tu compesce catenâ.

HORAT: Epist. 2 , lib. 1, v. 62

Note 11, page 9.

On nous dit qu'autrefois les poètes sacrés,
Interprètes des dieux, par le ciel inspirés, etc...

Sylvestres homines sacer interpresque deorum
Cædibus et victu fœdo deterruit Orpheus, etc...
HORAT. de Arte poet. v. 391.

www.ingramcontent.com/pod-product-compliance
Lightning Source LLC
LaVergne TN
LVHW010137060726
842524LV00005B/1994